MEMOIRE

POUR le Sieur LETERTRE, Bourgeois de Valognes, Défendeur, & incidemment Demandeur en entherinement de Lettres de refcifion. GRAND-CONSEIL.

CONTRE M. PONCET DE LA RIVIERE, ancien Evêque de Troyes, ci-devant Abbé de l'Abbaye Royale de Montebourg, Diocèfe de Coutances, Demandeur & Défendeur.

A multitude & la grandeur des occupations des Evêques, uniquement livrés aux affaires fpirituelles, les obligent fouvent de commettre le foin de leurs intérêts à des fubalternes, qui croyent s'avancer dans leur confiance en groffiffant leur fortune. Il arrive fouvent que lorfqu'un Evêque eft livré fans réferve

A

aux différens objets qu'embraffe fon zele, fon nom fe trouve quelquefois indécemment compromis dans des actes qu'il s'emprefferoit de défavouer, s'il en avoit la connoiffance.

C'eft ce qu'a éprouvé M. l'ancien Evêque de Troyes pour ce qui concerne les réparations de fon Abbaye de Montebourg. Il a avoué que fes affaires ne lui ont jamais permis d'y aller ; & occupé de foins plus importans que des détails de réparations, il a été obligé de s'en rapporter à des Agens, qui ont mal répondu à l'honneur de fon choix. Ils ont furpris du fieur Letertre un engagement injufte, qui le réduiroit à l'indigence, s'il pouvoit avoir fon exécution, & contre lequel il a été obligé de prendre des Lettres de refcifion. Les faits dont il va rendre compte, avec autant de fimplicité que d'exactitude, feront voir s'il a lieu de fe plaindre.

F A I T.

En l'année 1745, M. Poncet de la Riviere, ancien Evêque de Troyes, fut nommé à l'Abbaye Royale de Montebourg, Diocèfe de Coutances, au lieu de feu M. d'Avejan, Evêque d'Alais. La fucceffion de M. d'Avejan fut abandonnée, & hors d'état de fatisfaire aux réparations confidérables qu'il laiffoit à faire dans cette Abbaye.

Un des premiers foins de M. de Troyes fut de faire dreffer le procès-verbal de ces réparations. Il fut dreffé par des gens peu inftruits fans doute, puifqu'il ne les porta qu'à 44987 livres, quoiqu'il foit établi dans cette affaire qu'elles montoient à une fomme beaucoup plus

considérable. Il suffiroit de dire, pour faire voir l'erreur grossiere de ce procès-verbal, que les art. 23 & 25, qui n'y sont estimés que 1000 livres 15 sols, ont coûté à exécuter 4427 livres * ; que les art. 27 & 28, estimés 589 livres, ont coûté 5419 livres ; que les art. 19, 20, 21, 22, estimés 1394 livres 10 sols, ont coûté 3395 livres 7 sols ; que l'art. 98, estimé 2880 livres, a coûté 7650 livres 4 sols, sans parler de plusieurs autres qui présentent des disproportions révoltantes.

* Voyez l'état certifié le 30 Novemb. 1759 par les trois Experts du Procès-verbal d'Octobre 1759.

Quelle que soit la cause de cette erreur, que nous n'avons point à pénétrer ici, il est sensible que ce procès-verbal ne pouvoit être un guide sûr pour faire connoître la grandeur de ces réparations. Le Conseil entherina une partie de ce procès-verbal par Arrêt du 18 Septembre 1748. Nous disons une partie, parce que l'Arrêt déchargea des art. 33, 92, 32, 44, 48, 66, 124, 125, 136, 137 & 157, qu'il porta en suppression totale. Il accorda aussi une réduction sur les art. 34, 40 & 84, & ordonna qu'au surplus ce procès-verbal seroit entheriné.

Mais M. l'Evêque de Troyes ayant formé au Conseil du Roi une demande, renvoyée au Grand-Maître des Eaux & Forêts de Caen, il parut nécessaire, pour y statuer, de faire procéder à un nouveau procès-verbal, qui pût donner une juste idée des réparations à faire. Les Officiers des Eaux & Forêts de Valognes y firent procéder au mois de Septembre 1753, & y renfermerent toutes les réparations à faire, tant anciennes que survenues depuis 1745. Ce nouveau procès-verbal, plus juste & plus régulier, les porta presque au double ; il monta à 81066 livres.

A ij

Un autre procès - verbal, fait par le Tréforier de l'Eglife de Coutances, & par un Orfévre de Valognes, porta le prix des ornemens & vafes facrés néceffaires, tant à l'Abbaye qu'aux Paroiffes dont l'Abbé eft Décimateur, à 20000 livres.

Un troifieme eftima les bois dépendans de l'Abbaye à 4000 livres.

L'infuffifance de cette fomme rendit un emprunt néceffaire. Un Arrêt du Confeil du 22 Mars 1754, revêtu de Lettres patentes adreffées au Grand-Confeil, permet à M. l'ancien Evêque de Troyes d'emprunter la fomme de 100000 livres, *pour employer aux réparations*, laquelle feroit rembourfée à raifon de 20000 livres tous les trois ans, à prendre fur les revenus de l'Abbaye jufqu'au parfait rembourfement.

Le Grand-Confeil ne crut pas devoir permettre d'abord l'emprunt d'une fomme fi forte, qui auroit trop chargé l'Abbaye; &, par fon Arrêt d'enregiftrement du 8 Mai 1755, il n'autorifa qu'un emprunt de 50000 livres, qui feroient dépofées chez Me Boulard Notaire, fauf à fe retirer par devers lui pour un nouvel emprunt en cas d'infuffifance. Les revenus préfens & à venir de la manfe abbatiale furent hypothéqués à la teftitution de l'emprunt.

Le même Arrêt ordonna que l'adjudication des réparations fe feroit devant le Lieutenant - Général de Coutances, fuivant le procès-verbal du 23 Octobre 1745, *& en conformité des difpofitions de l'Arrêt du Grand-Confeil du 18 Septembre* 1748, & excepta de l'adjudication les réparations à la charge commune & folidaire de l'Abbaye & d'autres co-propriétaires & co-décimateurs.

M. l'Evêque de Troyes souhaita de se rendre Adjudicataire des réparations ; & l'on ne peut que louer le motif qui l'animoit, puisqu'il se proposoit de les faire lui-même par économie, & que l'usage qu'il auroit fait du bénéfice de cette entreprise auroit écarté tout soupçon d'intérêt personnel. Mais comme il craignit qu'il ne convînt pas assez à sa dignité de s'exposer aux embarras d'une adjudication en Justice & à ses suites, le nommé Jean Halley, se disant Bourgeois de Paris, fut chargé de se rendre Adjudicaire pour ce Prélat.

Cet homme obscur & sans nom s'obligea le 13 Novembre 1753 , par acte sous seing privé, envers le sieur Groult, Homme de confiance de M. de Troyes, & chargé de sa procuration *ad hoc*, « de mettre le der- » nier prix au rabais à l'adjudication qui se devoit faire » & passer aujourd'hui ou autre jour .... à l'effet, dit- » il dans cet acte, que je ne ferai que prêter mon nom » à mondit Seigneur Evêque de Troyes, Abbé de ladite » Abbaye, afin qu'il soit lui-même le véritable Adju- » dicataire sous mon nom. »

Les diligences pour parvenir à l'adjudication, l'adjudication même, tout porte sur le procès-verbal de 1745. On lit dans l'exposé des charges, qu'il sera procédé à l'adjudication au rabais .... suivant le procès-verbal fait par Quedeville & Dacier le 23 Octobre 1745. Plus bas on lit encore .... qu'on bannit & proclame toutes & chacunes lesdites réparations & reconstructions .... suivant ledit procès-verbal dudit Quedeville & Dacier, déposé chez Me Baudet, Procureur en ce Siege, *où toutes personnes pourront en prendre commu-*

nication à toutes heures. On lit à la fin des charges, le tout suivant qu'il est plus amplement référé & expliqué dans lesdits *procès-verbal*, Arrêt du Grand-Conseil, requête & bannissement susdatés. Enfin le dispositif de la Sentence d'adjudication porte, aux charges, clauses & conditions employées dans les Arrêts du Conseil, *procès-verbal*, bannissemens susdatés. Tout annonce, comme l'on voit, le procès-verbal de 1745. C'est de lui qu'on offre la communication; c'est lui qu'on met dans l'exposé des charges, dans les affiches, dans les clauses de l'adjudication, dans le dispositif. Seulement on trouve dans le préambule l'énonciation en un mot du procès-verbal de 1753, mais sans l'indiquer comme n'ayant le moindre trait à l'adjudication.

Cette adjudication fut faite le 13 Novembre 1754. Le nommé Halley, secondé dans ses encheres par le nommé le Carpentier, homme aussi obscur que lui, se rendit en effet Adjudicataire le même jour 13 Novembre. Il lui étoit d'autant plus facile de se rendre le maître de l'adjudication, qu'il avoit seul une véritable connoissance du procès-verbal de 1753, qui lui servoit à diriger justement ses encheres; au lieu que les autres Enchérisseurs ne connoissant que le procès-verbal de 1745, & effrayés par la grandeur des réparations survenües depuis neuf ans, ne faisoient que des encheres hazardées & timides qui devoient naturellement laisser les gens de M. de Troyes maîtres du champ de bataille. Ils le furent en effet, & l'adjudication leur resta à 82500 livres.

Halley, fidele à son engagement, fit dès le lendemain la rétrocession de l'adjudication à l'Agent de M. de Troyes, & ce Prélat l'a dans la suite acceptée. Il a donc jugé que 82500 livres étoient une somme nécessaire pour faire faire les réparations de l'Abbaye de Montebourg, *même par économie*; car nous connoissons trop ce qui est dû à sa dignité, pour croire qu'il y eût voulu faire un bénéfice personnel.

Ces réparations ne renfermoient point les articles portés en suppression totale par l'Arrêt du 14 Septembre 1748, & ne renfermoient ceux réduits par cet Arrêt que conformément à la réduction. Car l'Arrêt, après avoir supprimé & réduit ces articles, n'entherine le procès-verbal *que pour le surplus*. L'Arrêt du 8 Mai 1754 n'ordonne l'adjudication qu'*en conformité des dispositions* de l'Arrêt du 18 Septembre 1748, portant entherinement du procès-verbal de 1745, & excepte celles à la charge commune & solidaire de l'Abbaye & des co-propriétaires & co-décimateurs. La Sentence de l'adjudication elle-même annonce dans le préambule qu'*elle se fera, suivant l'Arrêt du 8 Mai 1754, en conformité des dispositions du Grand-Conseil du 18 Septembre 1748*. L'exposé des charges, dans la même Sentence, ajoute à la fin, *suivant le procès-verbal qui en a été fait par Quedeville & Dacier le 23 Octobre 1745, & en conformité de l'Arrêt du Grand-Conseil du 18 Septembre 1748*. Et plus bas on lit encore, le tout suivant qu'il est plus amplement référé & expliqué dans lesdits procès-verbal, *Arrêt du Grand-Conseil*, requête & bannissement susdatés; & le dispositif porte, aux charges, clauses & conditions employées *dans les Arrêts du Conseil, procès-verbal*, &c. Ainsi l'adjudication ne renfermoit ni les articles ſupprimés, ni la totalité de ceux réduits par l'Arrêt de 1748, non plus que les réparations à la charge commune & ſolidaire de l'Abbaye & des co-décimateurs.

Le ſieur Groult, Agent de M. de Troyes, fut chargé de faire faire ces réparations *par économie*, & il acheta en effet quelques uſtenciles, & fit quelques préparatifs.

Mais il ne remplit pas les vûes de M. l'Evêque de Troyes. Telle eſt l'expreſſion qu'employe ce * Prélat, & qui nous paroît ſignifier que l'entrepriſe vûe de plus près & en détail, parut onéreuſe même à 82500 liv. Il paroît que c'eſt auſſi ce que M. de Troyes a voulu dire, puiſque dans le même acte où il employe ces termes, il énonce tout de ſuite « qu'il donna ſa pro- » curation au ſieur le Franc de Jettouville.... pour » rétrocéder l'adjudication deſdites réparations à telles » perſonnes qu'il jugeroit à propos ».

* Acte du 2 janvier 1758.

Les négociations les plus importantes n'ont jamais demandé tant d'art, tant de reſſorts, tant de dextérité, de marches & de contre-marches, qu'on en a employé pour cette rétroceſſion. Il n'y avoit cependant rien de plus ſimple & de plus naturel. Montrer à un Rétroceſſionnaire ſolvable les deux procès-verbaux de 1745 & de 1753, afin qu'il pût ſe déterminer en connoiſſance de cauſe, & lui céder l'adjudication au prix qu'on l'avoit eue; c'étoit, ce ſemble, tout ce qu'il y avoit à faire en pareil cas. Voici ce qui s'eſt fait.

L'on a trouvé à Valognes un Bourgeois de cette Ville, nullement au fait des conſtructions & réparations, ſimple, aimant à faire des gains médiocres,

dans

dans l'impuiſſance d'en faire de plus grands, & à qui
la qualité de pere de famille ſemble en impoſer le
devoir. C'étoit préciſément l'homme dont on avoit
beſoin.

Le ſieur Groult, Agent du Prélat, (car nous ne
mettons point M. de Troyes dans cette odieuſe ſéduction, & nous gémiſſons ſeulement d'avoir à dire
qu'il en profite) le ſieur Groult fut voir le ſieur Letertre, qu'il connoiſſoit par quelques relations ſuper-
ficielles ; il lui propoſa *une affaire d'or*, les réparations
de l'Abbaye de Montebourg, à prendre par rétroceſſion. Ce n'étoit qu'à deux lieues de ſa demeure ;
il y feroit bien plus de gain que des étrangers peu
inſtruits des prix locaux. Le procès-verbal ne les portoit qu'à 44987 liv. (car on ne lui parla que de celui de
1745) on lui donneroit 64500 livres ; & enfin l'affaire
étoit ſi excellente, que lui, ſieur Groult, vouloit la
prendre avec lui. Que de plus il gagneroit la confiance
de ce Prélat pour le repréſenter & régir en ſon nom
par la ſuite les revenus de cette Abbaye.

Il eût été difficile à un homme moins ſimple &
moins crédule que le ſieur Letertre de réſiſter à une
ſéduction ſi adroitement préparée. On lui cachoit le
procès-verbal de 1753 ; qui portoit les réparations à
81066 liv. (1) ; pièce cependant que l'équité obligeoit

(1) *Nota.* On lui en a même refuſé, par acte « du 30 Août dernier, la
» communication, en diſant, au nom de M. de Troyes, que ne s'agiſ-
» ſant en aucune maniere dans l'inſtance d'entre les Parties d'entérine-
» ment de Procès-verbaux qui n'ont point été faits de l'autorité du Con-
» ſeil, M. l'ancien Evêque de Troyes ne doit faire ſignifier par copie, ni
» autrement, le procès-verbal fait par l'autorité du Maître Particulier des
» Eaux & Forêts de Valognes, *qui eſt d'ailleurs une piece étrangere à la*
» *conteſtation.*

B

de lui communiquer : on ne lui parloit que d'un procès-verbal qui ne les portoit pas à 45000 liv. il voyoit l'Homme de confiance du Prélat, inftruit par lui-même de la grandeur de ces réparations, offrir de s'affocier à lui. Un mouvement de cupidité affez naturel l'emporta : il fondoit déja fur cette rétroceffion l'efpérance d'un gain qui devoit augmenter fa médiocre fortune ; &, plein de ces idées, il s'empreffa de partir pour aller figner l'acte qui devoit entraîner fa ruine.

Meffire Claude le Franc de Jettonville (c'eft ainfi qu'il fe qualifie), homme très-connu dans les Tribunaux, fut le fecond envoyé que M. de Troyes dépêcha en Normandie pour l'affaire des réparations, & ce fut lui qui fut chargé de la rétroceffion. Il s'en acquitta avec dignité, & confirma au fieur Letertre, qui s'épuifoit en proteftations de reconnoiffance, la préference qu'on vouloit bien lui accorder.

Mais l'affaire de la rétroceffion pouvoit échouer par la néceffité de faire recevoir des Cautions au Bailliage de Coutances, pour toucher le premier tiers du montant de l'adjudication, parce que le fieur Letertre fe rendant rétroceffionnaire, auroit eu peine à trouver des Cautions d'une entreprife auffi ruineufe. Pour parer à cet inconvénient, l'on imagina de faire la rétroceffion au nommé le Carpentier, l'un de ces deux hommes obfcurs dont on a parlé plus haut. On lui donna pour Cautions le fieur Letertre, le fieur Groult qui parut ainfi s'affocier à l'affaire (mais qui a bien fçu depuis s'en dégager), & un fieur de la Tilliere qui s'en eft auffi heureufement retiré. Le fieur Letertre fut le rétroceffionnaire principal, ce fut à lui qu'on remit l'argent qui fut payé alors, ce fut lui qui fut autorifé à toucher les deniers qui devoient être payés par la fuite ; en un mot, s'il fut la victime de cet injufte traité, il en eut tous les honneurs. L'acte eft du 22 Mai 1756.

Qu'au moment de cet acte M. de Troyes eût quitté fon Abbaye (comme il l'a fait deux ans après), il eft inconteftable qu'il eût eu en fa qualité *extérieure* d'Adjudicataire une créance de 82500 livres à exercer fur la manfe abbatiale, aux termes de l'Arrêt du 8 Mai 1754, & par conféquent fur fon fucceffeur. Il rétrocéda alors, par un acte fecret, fon entreprife pour 64500 livres. La manfe abbatiale n'en étoit pas moins débitrice de 82500 liv. Que deviennent les 18000 liv. reftantes ?

Dans l'acte de rétroceffion, Meffire le Franc de Jettonville délivra au nommé le Carpentier » la fomme de » 42000 livres, à la vûe & préfence du Notaire, en » argent & billets payables au porteur. » Tels font les termes de l'acte. Mais M. de Troyes nous apprend * que c'étoit un faux énoncé, parce que les Entrepreneurs firent remife de cette fomme de 18000 livres.

Il fembleroit d'après cela qu'au moins il paya 24000 livres. Mais M. de Troyes nous apprend que c'étoit encore un faux énoncé, & qu'au lieu de payemens effectifs on fit fouffrir au malheureux rétroceffionaire, dont l'illufion étoit dans toute fa force, les déductions fuivantes.

La déduction d'une fomme de 600 liv pour les frais d'un voyage du fieur de Jettonville & d'un fieur de la Houffaye, autre Agent fans doute, chofe tout-à-fait

* Acte du 2 Janvier 1758, pag. 6.

injuſte, puiſque c'étoit à M. de Troyes à payer le voyage des Agens qui ſtipuloient ſa préſence.

La déduction de 320 liv. pour le controlle & dépôt de différens actes que le ſieur de Jettonville avoit, diſoit-il, payés, déduction encore ſouverainement injuſte, puiſque c'étoit à M. de Troyes à payer les frais d'actes, qui n'avoient eu lieu que parce qu'il avoit pris des porteurs de procuration.

La déduction enfin d'une ſomme de 5624 liv. 10 ſols dûe, eſt-il dit, au Seigneur Evêque de Troyes par le ſieur Groult pour le reliquat de ſon compte, déduction encore très-mal fondée, ſoit parce qu'on ne devoit pas donner au ſieur Letertre en payement effectif une créance ſur une des Cautions, ſoit parce que « les En-

* Acte du 2 Janvier 1758, p. 7 au haut.

» trepreneurs * n'étoient obligés de payer les 5624 liv. » 10 ſols qu'après la réception du premier tiers. » Or ce premier tiers n'étoit point encore touché chez le Notaire, Sequeſtre de l'emprunt ordonné pour les réparations.

L'on croiroit encore, en liſant l'acte de rétroceſſion, que c'étoit le ſieur de Jettonville qui avoit payé de ſes deniers les ſommes effectivement payées. Mais M. de Troyes nous apprend que c'étoit encore un faux énon-

* Acte du 2 Janvier 1758, p. 5 au bas.

cé. Car le 21 Juin 1756, * le ſieur le Franc de Jettonville paſſa un acte portant minute devant Mᵉ Robineau, Notaire au Châtelet, par lequel « il déclara que les » 42000 liv. *par lui prêtées & payées* au ſieur le Carpen- » tier (par l'acte de rétroceſſion), ſont les mêmes que » le ſieur Salles, préſent audit dernier acte, lui avoit » remis pour les payer audit le Carpentier, ainſi que » les billets faits par ledit ſieur de Jettonville audit En-

» trepreneur, pourquoi il en fait audit fieur Salles
» toute déclaration, ceffion & tranfport. » Il y a dans
cet acte un autre faux énoncé très-palpable. Car il eft
impoffible que le fieur Salles eût *prêté les 42000 livres*
payées aux Entrepreneurs, quand on vient de voir plus
haut qu'au moyen, tant de la retenue de 18000 livres,
que des trois déductions de 600 livres, de 320 livres &
de 5624 livres 10 fols, il n'avoit pu payer que 17455 liv.
10 fols, tant en argent effectif qu'en billets. Il y a dans
cet acte un troifieme faux énoncé. Car M. de Troyes
nous apprend * que dans le payement qui fut fait lors   * Acte du 2
de l'acte de rétroceffion, le fieur de Jettonville fit un   Janvier 1758,
payement (le feul qui paroiffe alors avoir été fait en   p. 7.
argent) « de 1753 livres, *que ledit fieur de Jettonville paya*
» *EFFECTIVEMENT de fes deniers.* » Ce n'étoient
donc pas les deniers du fieur Salles. L'on croiroit
du moins que c'eft le fieur Salles qui a été le prêteur
de la fomme en entier, excepté les 1753 livres fur lefquelles on vient de voir que le fieur de Jettonville
avoit fait une fauffe déclaration. Mais point du tout
encore, c'eft un faux énoncé, & voici quel étoit le véritable prêteur. L'acte du 2 Janvier 1758, dont nous
parlerons ci-après, nous l'apprend. » Ledit fieur Jetton-
» ville ou ledit fieur Salles, y dit M. de Troyes, n'ont
» fourni de leurs deniers dans le payement defdits
» 24000 livres que la fomme de 15448 livres 10 fols,
» & ledit fieur Salles *a été obligé de connoître cette*
» *vérité* en donnant quittance *AUDIT SEIGNEUR*
» *EVESQUE DE TROYES* de la fomme de 26524
» livres 10 fols, à compte defdites 42000 livres. »
    Que de détours, que de faux énoncés nous apperce-

vons dans tout ce qui eſt relatif à cet acte de rétroceſſion, avant de venir au véritable prêteur, lequel
avança les fonds qui entraînerent le ſieur Letertre dans
une rétroceſſion ruineuſe ; qu'il n'eût pu prendre ſi on
ne lui eût remis en même-tems aucuns deniers.

Le ſieur Letertre conduit par le ſieur Groult étoit
tellement rempli du gain qu'il devoit faire, qu'il ſouffroit toutes ſortes de déductions & de conditions oné-
reuſes. C'eſt ainſi qu'on a vu qu'il avoit ſouffert une
déduction de 600 livres pour le voyage des Agens de
M. de Troyes, & une autre de 320 livres pour les frais
de controlle & dépôt des actes qui ſuppléeoient à la
préſence de ce Prélat.

L'on juge bien que dans cette diſpoſition d'eſprit il
n'étoit pas homme à faire des difficultés, & des demandes en repréſentation de pieces. Auſſi ne vit-il ni
l'Arrêt de 1748, & la preuve en eſt qu'il a réparé pluſieurs des articles ſupprimés par cet Arrêt, ni l'Arrêt de
1754, qui confirme la ſuppreſſion de ces mêmes articles,
ni le procès-verbal de 1753, énoncé paſſagerement
dans une ligne du préambule de l'adjudication. Il ſe
contenta de ſçavoir que l'eſtimation de 1745, n'alloit
qu'à 44987 livres, & que l'entrepriſe lui étoit donnée
pour 64500 livres ; choſe ſi avantageuſe que le ſieur
Groult, l'homme de confiance de M. de Troyes, la par-
tageoit avec lui ; & dans cette vûe il ſigna tout ce
qu'on voulut.

L'on profita de cette ſéduction pour le charger,
ſous le nom de le Carpentier, (qu'on avoit mis en
qualité comme rétroceſſionnaire) d'être « garant & reſ-
» ponſable des dommages & intérêts qui pourroient

» être prétendus par les Fermiers, Sous - Fermiers ou
» autres, pour raison de la non - confection & retar-
» dement de la perfection desdites réparations. »

Le sieur Groult ne s'oublia pas non plus. Auteur de
la fraude, il étoit naturel qu'il en profitât lui-même. Il
commença par se dégager de cette entreprise ruineuse,
dans laquelle le sieur Letertre n'étoit entré que par
l'idée de sûreté que lui présentoit son association avec
l'homme de confiance de M. de Troyes.

Mais cet homme de confiance étoit rappellé à Paris, disoit-il, par des affaires indispensables ; il avoit
pris pour le sieur Letertre une amitié singuliere, & il
vouloit lui en laisser des preuves solides en lui aban-
donnant, & toujours par préférence, son intérêt dans
les réparations, moyennant seulement une modique
rétribution.

Ainsi le 21 Juillet 1756, deux mois & demi après
l'acte de rétrocession, le sieur Groult céda * aux sieurs Janvier 1758,
Letertre & de la Tilliere (l'autre adjudicataire) TOUT p. 7 au haut.
L'INTÉREST qu'il avoit dans l'entreprise des réparations, à condition de payer à sa décharge les 5624 liv.
10 sols dont il étoit reliquataire envers M. l'Evêque de
Troyes, au moyen de quoi il leur abandonna 1316
livres 9 sols 6 deniers, qu'il avoit payées & avancées
pour les frais de l'adjudication des réparations, & encore quelques effets de peu de valeur sous le nom de
meubles, bestiaux, ustenciles, effets que le sieur Letertre offre d'affirmer & de prouver n'avoir pas été de
valeur de 1200 livres. A ce moyen le sieur Groult se
dédagea d'une entreprise plus ruineuse, &gagna 3000
liv. sur le rétrocessionnaire, dont l'illusion duroit encore

affez , pour qu'il fe crût heureux de refter à fi bon compte le maître d'une affaire fi lucrative.

Le fieur de la Tilliere & le nommé Carpentier ont trouvé dans leur défaut de fortune leur tranquillité. L'acte de rétroceffion très-bien dreffé, contenoit d'ailleurs une obligation folidaire qui laiffoit le fieur Letertre feul expofé au danger & aux pourfuites. Enfin M. de Troyes a jugé plus à propos de n'avoir à faire qu'au fieur Letertre, au moyen de quoi il a ftipulé *Acte du 2 expreffément dans un acte * dont nous parlerons bienJanvier 1758, tôt, « qu'à l'égard du fieur de la Tilliere & de Jean le p. 6. » Carpentier *feulement*, l'acte de rétroceffion du 5 Mai » 17 6., fera & demeurera *nul & réfolu.* » Ainfi il ne s'agit plus dans cette affaire que du fieur Letertre & de M. l'ancien Evêque de Troyes.

Voila donc un malheureux pere de famille fans lumieres, fans expérience, qui accepte des mains d'un Evêque, avec confiance, avec reconnoiffance, pour 64500 livres la rétroceffion d'une entreprife que ce Prélat juge lui-même trop onéreufe à 82500 livres pour la garder, même par économie; qui l'accepte par l'occultation frauduleufe du procès-verbal du 17 Septembre 1753, qui lui deffillant les yeux, lui auroit appris qu'il étoit impoffible de faire pour 64500 livres des réparations, qui près de trois ans auparavant, & par conféquent beaucoup moindres alors, avoient été eft mées 81066 livres; qui l'accepte parce que l'homme de confiance du Prélat l'induit en erreur en s'affociant avec lui dans la rétroceffion, bien fûr de s'en dégager dès qu'il le voudroit, qui fouffre pour plus de 4000 livres de petites déductions, qui confent enfin à un

retranchement

retranchement principal de 18000 livres que la manfe abbatiale ne recouvre pas.

Suivant l'acte de rétroceffion du 5 Mai 1756, le Rétroceffionnaire étoit tenu de faire juger le parfait des réparations dans le courant du mois d'Août 1757. Il étoit d'ailleurs « garant & refponfable par le même » acte des dommages & intérêts qui pourroient être » prétendus par les Fermiers, Sous-Fermiers ou autres » pour raifon de la non-confection & retardement de » la perfection des réparations. » C'étoit un double motif de faire remettre exactement au Rétroceffionnaire les fonds néceffaires pour l'exécution de fon entreprife.

Il n'en fut cependant rien fait. C'eft M. l'Evêque de Troyes qui nous l'apprend, & nous ne pouvons mieux faire que de rapporter ici fes propres expreffions, parce que nous rendrions mal, faute de l'entendre, ce que lui-même a voulu dire.

« Les Entrepreneurs s'étant préfentés, dit-il, * chez » M°. Defplaces, Notaire à Paris, demeuré dépofi- » taire des deniers * que ledit Seigneur Evêque de » Troyes avoit empruntés, comme il eft dit ci-deffus, » pour recevoir le premier tiers, qui aux termes dudit » acte du 5 Mai 1756, devoit leur être payé d'avance, » *ils ne purent parvenir malgré toutes leurs inftances* qu'à » toucher le 23 Mars 1757, des deniers des Fermiers » de ladite Abbaye une fomme de 10000 livres, dont » le fieur Salles fe rendit caution envers lefdits Fer- » miers. Comme cette fomme ne les rempliffoit pas à » beaucoup près du premier tiers d'avance, ils redou- » blerent leurs follicitations pour être payés du fur- » plus. *Mais l'on fit naître tant de difficultés, qu'ils furent*

* L'Acte du 2 Janvier 1758.

* L'on a vu plus haut qu'il avoient dû être dépofés chez M° Boulard, fuivant l'Arrêt du Grand-Con- feil du mois de Mai 1754.

C

» obligés d'y renoncer, de suspendre lesdites réparations
» faute de payement de ce qui leur étoit dû, & même
» de faire assigner au Bailliage de Valognes ledit Sei-
» gneur Evêque de Troyes...... Ils ont en même-tems
» fait saisir le temporel de ladite Abbaye. »

Nous avouerons que nous ne concevons nullement
le sens de ces mots, *que les Adjudicataires ne purent par-*
venir malgré toutes leurs instances à être payés, que l'on fit
naître tant de difficultés, qu'ils furent obligés de renoncer à
demander leur payement, de suspendre même les réparations,
& de faire même assigner M. de Troyes. Car quel pouvoit
être celui qui suscitoit tant de difficultés, lorsque M.
Poncet de la Riviere comme Abbé, comme Emprun-
teur, comme Adjudicataire lui-même étoit en droit
& en état de les faire cesser à l'instant? Comment pouvoit-il se laisser assigner, laisser suspendre les réparations,
tandis qu'il étoit le maître de faire rendre un Arrêt sur
Requête qui auroit ordonné la délivrance des deniers?
Seroit-ce que cet emprunt annoncé par la rétrocession,
n'auroit consisté que dans la montre de quelques pa-
piers & billets qui se renouvelloient les uns par les
autres jusqu'aux échéances des fermages de l'Abbaye,
tandis qu'on auroit engagé l'Adjudicataire par l'espé-
rance d'une somme effectivement existante?

Quoi qu'il en soit les réparations furent suspendues,
M. l'Evêque de Troyes fut assigné, le temporel fut saisi.
Mais les fonds n'étant point remis à l'Adjudicataire, il
lui fut impossible de remplir son engagement. Les
matériaux dépérirent, les réparations à faire augmenterent encore, les ouvriers furent renvoyés faute d'argent, & la dépense s'accrut infiniment.

M. de Troyes juſtement inquieté, ſongea à faire finir des pourſuites qui devoient donner lieu contre lui à des condamnations très-conſidérables. Il attira à Paris le ſieur Letertre ſur la fin de 1757, pour tranſiger avec lui ſur cet important objet.

Ce fut la Révérende Mere des Anges, Religieuſe rue Caſſette à Paris, qui s'entremit de cette négociation; « il ſeroit du beau procédé, écrivoit-elle alors à » un beau frere du ſieur Letertre, qu'à ce moment, » où on cherche efficacement à arranger toutes choſes, Meſ- » ſieurs les Entrepreneurs levaſſent leur ſaiſie. . . Je » ſuis convaincue que M. votre beau-frere auroit lieu » d'être content par la ſuite de ce bon procédé : vous » voyez vous-même, Monſieur, qu'il n'eſt pas poſſible » de rien faire dans ce moment. . . vous ſçavez le déſir que » nous avons tous DE LES SATISFAIRE, ſur-tout de Mon- » ſeigneur. »

Le ſieur Letertre ſe rendit à Paris, & il adreſſa de-là à M. l'Evêque de Troyes une lettre & un petit mémoire, qui, par leur ton timide & ſuppliant, & par la tournure même, annoncent aſſez ſa foibleſſe, ſon peu d'expérience, la facilité de la ſéduction dont nous avons rendu compte, & l'eſprit d'ignorance.

Il y parle des ſurpriſes qui lui ont été faites, qui demandent un remede preſſant ; & il y demande une indemnité qui a pour objet le billet de 5624 liv. du ſieur Groult, les frais de voyages & d'actes, dont on l'a indûment chargé par une ſurpriſe faite aux Entrepreneurs, & la ceſſation du travail, qui a occaſionné l'accroiſſement des réparations, le dépériſſement des matériaux, &c.

Tels furent alors les objets de l'indemnité qu'il de-

manda ; ce qu'il eſt bien important d'obſerver, parce
que, comme il avoit à peine mis la main à l'œuvre,
il ignoroit avoir à demander une indemnité fondée
ſur la grandeur intrinſeque des réparations, cachée par
le procès-verbal de 1745, & enſuite découverte par le
procès-verbal de 1753, & par la main d'œuvre, lorſqu'-
elle y a été portée ; car alors il arrive qu'une poutre crue
bonne, ſe trouve intérieurement gâtée ; qu'un mur,
qu'on croyoit n'avoir qu'à réparer, ſe trouve à réédi-
fier, &c. Or le ſieur Letertre, en Décembre 1757,
avoit à peine mis la main à l'œuvre. On voit par ſa
lettre à M. de Troyes, du 12 Décembre 1757, que
ce Prélat diſoit qu'il avoit fait à peine pour 6000 livres
de réparations ; & dans le fait le ſieur Letertre avoit
employé preſque tout l'argent qu'il avoit reçu en achat
de matériaux & en préparatifs, & par conféquent ne
connoiſſoit pas encore l'étendue de ſon malheur.

L'on dreſſa le 2 Janvier 1758 au Noviciat des Jé-
ſuites, lieu de la demeure de M. de Troyes, un acte
en forme de tranſaction. Cet acte, dans ſes diſpoſitions,
étoit l'ouvrage d'une perſonne attachée à M. de Troyes.
Une lettre de la Mere des Anges en offre la preuve.
Voici, Monſieur, y dit-elle au beau-frere du ſieur Letertre, le projet d'accommodement que M. Teliard
m'a envoyé pour vous remettre, afin que vous ayez la
bonté de l'envoyer ſans retard à Meſſieurs les Entrepreneurs ; *tâchez, je vous prie, de les engager à s'y prêter.* Le
ſieur Letertre, qui étoit reſté ſeul, s'y prêta en effet,
& très-docilement. Il ſigna humblement la tranſaction
toute dreſſée, après qu'on lui en eut expliqué les clau-
ſes ; & l'on voit aſſez que tel qu'on l'a peint, & que

ſes lettres l'annocent, les volontés de M. de Troyes étoient pour lui des ordres. Il n'eſt pas indifférent d'obſerver que cet acte, qui n'avoit qu'un objet très-ſimple & très-borné, contient onze pages de minute en grand papier. Il ne s'agiſſoit cependant que de déterminer la meſure des payemens & des dommages & intérêts dûs au Rétroceſſionnaire. Ils furent reſtreints à 9000 liv. & l'on conviendra que cette ſomme eſt fort modique, pour peu qu'on faſſe attention.

1°. Que M. de Troyes ſe libère par-là nommément des 1316 livres 9 ſols 6 deniers de frais d'adjudication, qu'on ſe rappelle que le ſieur Groult avoit cédés au ſieur Letertre, à prendre ſur ce Prélat, & pour le payement deſquelles il étoit auſſi aſſigné.

2°. Des frais faits au Bailliage de Valognes contre lui.

3°. Du voyage & ſéjour de deux mois du ſieur Letertre à Paris, dépenſe occaſionnée par M. de Troyes, & qui eſt au moins un objet de 600 livres.

4°. De la ſomme de 920 livres, indûment payée, tant pour le voyage des Gens-d'affaires de M. de Troyes, que pour les frais d'actes, qui n'avoient été néceſſaires que par ſon abſence.

5o. Des dommages & intérêts dûs pour le dépériſſement des matériaux; ceſſation des ouvrages, renvoi des Ouvriers, & défaut de payement dans les termes convenus.

6o. De l'indemnité dûe pour l'augmentation des réparations ſurvenues à faire pendant plus d'un an & demi, depuis la rétroceſſion au mois de Mai 1756, juſqu'à la tranſaction en Janvier 1758; & cet article ſeul eſt un objet très-confidérable, & facile à évaluer par une eftimation proportionnelle. Car fi de 1745 à 1753, efpace de huit années, les réparations furvenues ont été un objet de 36000 livres, fomme de laquelle le procès-verbal de 1753 excede celui de 1745, il faut, en fuivant feulement la même proportion, (qui cependant devroit aller toujours en croiffant en femblable matiere) que le laps de dix-huit mois ait produit pour 6750 livres d'augmentations fur cet article.

Qu'on y joigne le déchet confidérable de pièces de bois & autres matériaux expofés aux injures de l'air, & tous les autres objets que nous venons de préfenter, & l'on conviendra fans peine que la fomme de 9000 livres n'alloit pas même jufqu'à fatisfaire le fieur Letertre de fes juftes prétentions. Auffi voit-on, par le Mémoire qu'il avoit préfenté à M. de Troyes, qu'il demandoit 3000 livres de plus; toutefois il s'en contenta. L'on tranfigea fur cet objet, l'on y expofa les caufes des dommages & intérêts qu'il demandoit. M. de Troyes expofa qu'il prétendoit n'en devoir aucuns, & en paya cependant; & comme l'on a vû que cette fomme de 9000 livres n'étoit pas feulement pour des dommages & intérêts proprement dits, mais qu'il y avoit encore des indemnités & des payemens de fommes qui ne pouvoient être à la charge du fieur Letertre, l'on eut grand foin d'employer la plus grande généralité d'expreffion.

Le fieur Letertre ne s'en plaindroit cependant pas, fi, en relifant cet acte, qui eft d'onze pages, il ne s'étoit apperçu qu'on a gliffé au bas de la premiere, dans une expofition hiftorique affez inutile pour l'objet

préfent, un petit mot du procès-verbal de 1753, vrai-
femblablement pour ménager le fubterfuge de dire que
le fieur Letertre a connu ce procès-verbal, puifqu'il
a figné un acte qui en parle. Nous n'imputerons point
à M. de Troyes, mais à quelqu'un de fes Agens, cette
petite fubtilité, qui d'ailleurs eft affez inutile, puifqu'il
ne s'agiffoit nullement, ni de ce procès-verbal, ni de
l'injufte retranchement de 18000 livres, pour être
l'objet de la tranfaction; & qu'après tout, énoncer un
acte n'eft nullement en montrer le contenu & les conditions. Tout au contraire, on lit dans cette tranfaction, à la page 6, « qu'*il eft conftant* que dans les 42000
» livres dont les Entrepreneurs ont donné quittance
» par ledit acte du 5 Mai 1756, il y eft entré 18000 liv.
» dont les Entrepreneurs ont fait remife. » C'étoit donc
dès le 5 Mai 1756 une affaire pleinement confommée,
& qui pouvoit même d'autant moins entrer dans l'objet
de la tranfaction de 1758, que la grandeur des réparations à faire ne pouvoit pas être encore connue du fieur
Letertre, à qui le défaut de fonds n'avoit prefque pas
permis de mettre la main à l'œuvre, & qu'ainfi à cet
égard il ne voyoit pas encore qu'il eût beaucoup à fe
plaindre. Mais cette fubtilité paroîtra peut-être à quelques perfonnes auffi repréhenfible que l'occultation du
procès-verbal de 1753 avant la rétroceffion; puifque
fi l'une a induit en erreur, l'autre a eu pour objet
d'empêcher qu'on n'en pût obtenir un jufte dédommagement.

Cette tranfaction fembla préparer à M. l'ancien Evêque de Troyes les plus heureux événemens.

Il arriva que, dégagé, à ce qu'il croyoit, de toute

inquiétude au sujet des réparations, il put quitter presque aussi-tôt après l'Abbaye de Montebourg. Il arriva que précisément dans le même tems le sieur Abbé Desmarets quitta l'Abbaye de S. Benigne de Dijon, d'un revenu beaucoup plus considérable que celle de Montebourg, mais dans laquelle on assure que des arrangemens personnels restreignoient beaucoup sa jouissance.

Il arriva encore que le Roi nomma M. l'ancien Evêque de Troyes à l'Abbaye de S. Benigne, & le sieur Abbé Desmarets à l'Abbaye de Montebourg.

De-là, par une heureuse suite de la Jurisprudence, qui, plaçant les Bénéfices consistoriaux dans la main du Roi, fait qu'un Titulaire n'est point tenu des faits de son prédécesseur, les baux actuels avantageux aux Fermiers furent résiliés de plein droit, les arrangemens personnels qu'on avoit pû faire avec les Religieux furent annullés, les fermages augmenterent, & chacun des deux Abbés, privé d'Abbaye pendant quelques jours, se trouva dans une situation beaucoup plus utile qu'auparavant. Et telle fut pour M. de Troyes la suite de la transaction de 1758, qui précéda de si peu de tems sa nomination à l'Abbaye de S. Benigne, qu'il sembleroit presque que l'un de ces événemens conduisoit à l'autre.

Il n'en fut pas ainsi du malheureux Letertre. Ce qui suivit la transaction de 1758 lui désilla enfin les yeux. Cette transaction lui avoit délégué des fonds en payement, & même d'une maniere fort commode pour M. de Troyes ; car au lieu que les payemens devoient être faits, suivant l'adjudication, en trois parties

ties égales , ce qui mettoit l'Adjudicataire en état d'acheter comptant des bois & d'autres matériaux à beaucoup meilleur marché , l'on stipula dans cette transaction que les payemens se ferbient par les Fermiers à raison de 4000 livres par quartier ; car ainsi le souhaitoit M. l'Evêque de Troyes.

Ces payemens ayant mis enfin le sieur Letertre en état de travailler aux réparations elles-mêmes (car jusques-là il n'avoit gueres fait que des (a) préparatifs), il connut alors toute la grandeur de l'entreprise , toute l'énormité de la léfion. Il sentit dès-lors que cette entreprise pouvoit entraîner sa ruine ; mais considérant ensuite qu'il avoit traité avec un Evêque , & non avec un Entrepreneur , il se rassura , & espéra que l'équité de M. l'Evêque de Troyes , & la médiation de la Révérende Mere des Anges , répareroit un tort qui étoit imputable à la fraude des Gens d'affaires de ce Prélat. Ce qui le rassuroit principalement , étoit de voir une somme de 18000 livres retranchée sur son adjudication , & qui ne pouvoit manquer d'être le fonds natu-

(a) *Nota.* On l'a vu dans la Lettre du 12 Décembre 1757 du sieur le Tertre au Prélat , par laquelle il paroît que celui-ci se plaignoit qu'il n'y eût pas pour 6000 livres de réparations faites ; & lorsque celui-ci écartoit ce reproche , il est sensible que les premiers deniers donnés au sieur le Tertre furent employés à préparer les terres & les échafauds , acheter bois, ardoises, tuiles, fers, chaux, sable , carreau, pierre, &c. ce sur quoi le sieur le Tertre pouvoit *être en avance*, sans avoir presque mis la main à l'œuvre , puisqu'il a eu sur son adjudication 39000 livres à toucher depuis le mois de Janvier 1758 , ensorte qu'il peut assurer au Conseil qu'il n'a connu la grandeur intrinseque des réparations à faire que depuis l'année 1758 , & en offrir la preuve ; il croyoit même avoir à faire tous les articles du Procès-verbal de 1745 , parce qu'on ne lui avoit pas remis l'Arrêt de 1748 , qui en supprime & réduit plusieurs ; & la preuve qu'il le croyoit , c'est qu'il en a fait un grand nombre. Est-ce ainsi qu'on devoit l'éclairer sur l'étendue de l'engagement qu'il contractoit ?

D

rellement deſtiné à ſon dédommagement, puiſqu'elle ne pouvoit tourner au bénéfice de perſonne. Il ſe contenta donc de faire ſes repréſentations ſur le tort qu'il ſouffroit. Ce tort a été tel, qu'après pluſieurs emprunts onéreux que le ſieur Letertre a faits, il a été réduit à vendre ſa propre maiſon d'habitation, pour laquelle il avoit beaucoup dépenſé, & à ſe mettre ſur le pavé lui, ſa femme & ſa famille. Quels titres pour exciter la compaſſion d'un Prélat dont le zele & la bonté tendre & compatiſſante animoient ſi juſtement ſa confiance !

Pendant ce tems, les formalités ordinaires occupoient à Paris les deux nouveaux Abbés de S. Benigne & de Montebourg.

Le 10 Mai 1758, le ſieur Abbé Deſmarets obtint au Grand-Conſeil un Arrêt ſur requête, qui ordonna qu'il ſeroit procédé à la viſite, priſée & eſtimation des réparations, reconſtructions, fournitures d'ornemens, livres, linges & vaſes ſacrés, &c. par des Experts qui feroient nommés, tant par lui que par M. l'ancien Evêque de Troyes.

Le 14 Juillet de la même année, un Arrêt contradictoire ordonna l'exécution du précédent, & prononça qu'il « ſeroit procédé *à la réception* des réparations, ſi » aucunes ſe trouvent avoir été faites en exécution de » l'Arrêt du Grand-Conſeil du 18 Septembre 1748, à » des corps entiers de granges ou autres bâtimens, » *même à leur eſtimation.* »

Ces deux Arrêts, ſi rapidement obtenus, ſont reſtés pendant plus de quinze mois ſans exécution; & ſi l'on veut ſçavoir la raiſon d'une inaction ſi ſurprenante, il ſemble que ce peut être celle que voici.

Le sieur Letertre, renvoyé chez lui au mois de Janvier 1758 pour travailler aux réparations, ne pouvoit pas les avoir assez avancées au mois de Juillet de la même année, pour qu'il y eût un prétexte apparent de le rendre partie dans un procès-verbal où l'on croyoit utile de le faire entrer.

L'on a donc attendu jusqu'au mois de Septembre 1759; & alors les Gens d'affaires de M. l'ancien Evêque de Troyes prétendant que le sieur Letertre devoit être son garant sur les demandes contre lui formées par le sieur Abbé Desmarets, ont obtenu un Arrêt sur requête pour le faire assigner au Grand-Conseil. Il semble qu'on auroit dû s'en tenir-là. Mais les Gens d'affaires de M. de Troyes ont jugé apparemment qu'il convenoit à ses intérêts de faire entrer le sieur Letertre dans un procès-verbal ordonné d'abord entre les deux Abbés seulement (a). Ainsi ce Prélat fait ordonner par la même commission que le sieur Letertre seroit tenu

(a) Me Roy du Vivier, Procureur au Grand-Conseil, se chargea de l'exécution de cet Arrêt; & se rendit pour cet effet à Montebourg, où étant, cet Arrêt fut signifié au sieur le Tertre; ensuite Me Roy du Vivier lui écrivit & lui marqua d'aller le trouver, ce qu'il fit au reçu de sa Lettre. Le sieur le Tertre lui représenta la perte qu'il faisoit, combien il avoit été trompé; qu'il ne devoit point se trouver vis-à-vis de M. l'Abbé Desmarets, ni entrer dans sa demande avec M. de Troyes; qu'étant d'accord ainsi que leurs Experts, il pourroit s'en trouver lézé: sur quoi Me Roy du Vivier le rassura, lui disant qu'il connoissoit M. de Troyes, dont il avoit la confiance; que son épouse étoit sa parente; que ce Prélat étoit rempli d'équité, qu'il ne permettroit pas qu'il perdît son bien, non-seulement qu'il l'en dédommageroit, mais encore de son tems & peines; qu'il eût confiance en lui & qu'il le serviroit; qu'il n'eût point d'inquiétude sur cet Arrêt ni sur les Experts, qu'il eût à l'exécuter & qu'il leur parleroit. La droiture de Me Roy du Vivier lui parut aussi pure qu'humaine pour y avoir toute confiance & suivre ses conseils; ce qui fit qu'il s'empressa de nommer un Expert.

par provifion de nommer un Expert laïc pour procéder à la vifite des bâtimens & autres objets compris
dans l'adjudication du 13 Novembre 1754, conjoin-
ment avec leurs Experts. Et comme il falloit bien une
forte de prétexte pour faire entrer le fieur Letertre
dans un procès-verbal qui lui étoit entierement étranger, l'on a fait ordonner, toujours fur requête, que
les Experts conftateroient, article par article, les objets en état de réception, *& eftimeroient auffi article par
article ceux où il fe trouveroit des réparations.* Par-là l'on
a trouvé le fecret de faire entrer le fieur Letertre dans
un procès-verbal auffi étranger pour lui qu'inutile,
puifqu'il faudra à fon égard (s'il refte chargé de l'entreprife) un procès-verbal de réception de la totalité
des réparations par lui faites, & qu'ainfi il n'y avoit
aucune raifon d'ordonner la réception de quelques
parties féparées.

Mais s'il eft permis de conjecturer ce qu'on vouloit
faire par ce qu'on a fait, voici ce qui a tant fait fou-
haiter d'appeller le fieur Letertre à un procès-verbal
qui ne le concernoit point.

Les Experts étoient formellement chargés par l'Arrêt du 14 Juillet 1758 d'eftimer les réparations déja
faites (a). Ils n'en ont rien fait, & par-là ils ont privé

(a) *Nota.* Il paroît que les Arrêts des 10 Mai 1748 & 27 Septembre
1759 ne parloient que d'eftimer des réparations à faire, puifque le premier parle d'eftimer en même tems les fournitures d'ornemens, livres,
linges & vafes facrés, lefquelles fournitures n'étoient pas faites; & le dernier par ces mots : eftimeront auffi article par article ceux où il fe trou-
vera des réparations, parle de l'eftimation des réparations à faire. Le feul
Arrêt du 14 Juillet 1748 *ordonnoit l'eftimation des réparations faites,* &
on lui a caché cet Arrêt afin qu'il ne pût les requérir : le fieur le Tertre
défie de prouver qu'on le lui ait communiqué.

le fieur Letertre d'une preuve bien frappante de la léfion dont il se plaint , puisque cette preuve auroit ré-
fulté du parallele des différens articles qu'ils auroient
eftimés , & de ces mêmes articles portés dans le procès-verbal de 1745.

Mais , en revanche , ils ne pouvoient étendre les
charges du fieur Letertre , puisqu'elles étoient clairement fpécifiées dans l'adjudication ; & ils l'ont fait , en
mettant dans leur nouveau procès-verbal une multitude d'articles comme étant à la charge du fieur Letertre, ce qui diminuoit d'autant le fardeau des deux
Abbés.

Les Experts n'ont pû s'empêcher de reconnoître
eux-mêmes l'irrégularité d'une telle opération , que le
trop de confiance & la fimplicité du Sr Letertre les avoit
laiffés abfolument les maîtres de faire comme il leur
plaifoit. Il efpéroit tout des bontés de M. l'Evêque de
Troyes ; on le flattoit toujours que M. l'Evêque de
Troyes lui rendroit bonne & brieve justice ; qu'ils ne
recevroient , ni feroient de mention dans leur Procès-
verbal de fes dires & repréfentations ; qu'il les laiffât
agir , & qu'il n'eût point l'air de conteftation ni de
procédure ; & qu'il fçavoit ce que Me Roy du Vivier
lui avoit dit : & fur cette confiance , il laiffoit très-docilement aller en avant , & les Experts , & les Agens de
M. l'Evêque de Troyes.

Ces Experts , qui ne pouvoient méconnoître l'énorme difproportion qu'il y avoit entre le Procès-verbal
de 1745 , & la dépenfe effective que les principaux articles de ce Procès-verbal avoient coûtés au fieur Letertre , ont eu du moins l'équité de certifier véritable ,

Le fieur Etienne , Expert de M. Def-marets , l'a ainfi certifié à M. de Troyes préfence de Me. Roy du Vi-vier, qu'il étoit vrai qu'ils n'avoient pas voulu employer dans leur Procès-verbal aucuns dires ni requifitions du fieur Letertre, qu'il l'en avoit empê-ché, parce qu'il comptoit que ce Prélat arrangeroit cette affaire.
Et l'Expert de M. de Troyes eft en état de l'affurer de la vérité de ces mêmes faits.

le 30 Novembre 1759, l'état de dépenſe effective qu'il en a adreſſé. A ce moyen, ils lui ont rendu en partie la preuve d'une lézion énorme dont il étoit privé par eux, en ce qu'ils n'avoient point eſtimé, comme ils en étoient chargés, les réparations qu'il avoit déja faites. Cet état excite le plus juſte ſoulevement contre l'erreur énorme du Procès-verbal de 1745, la ſeule piece cependant que ſieur Letertre ait eue ſous les yeux.

Les Gens d'affaire de M. l'Evêque de Troyes ont cru trouver, dans ce dernier Procès-verbal, fait le 23 octobre 1759, la libération de toutes les demandes formées par le ſieur Abbé Deſmarets, parce qu'en effet ce Procès-verbal rejettoit preſque tout ſur le malheureux Rétroceſſionnaire. Il ont donc ſuivi plus vivement que jamais la demande en garantie contre le ſieur Letertre.

Celui-ci a eu recours à la juſtice de M. de Troyes. Un Conſeil plein de droiture, & qui, a ſa confiance, avoit mandé au ſieur Letertre, le 2 Février 1760 : « Je » vous répete que je ferai de mon mieux pour vous ren- » dre ſervice, *parce que du* PREMIER COUP D'ŒIL *je vois* » *que vous n'avez point connu l'étendue de vos engagemens* » *en vous ſubſtituant à l'Adjudicataire* ». Le ſieur Groult, l'auteur des malheurs du ſieur Letertre, avoit mandé au ſieur de la Roſiere : « L'envie de vous marquer mon » dévouement en tout, m'a fait prendre des meſures, » même coûteuſes pour moi, pour mettre votre ami, » (le ſieur Letertre) à couvert de tout danger, *elles* » *réuſſiſſent.* Vous l'apprendrez au premier moment, & » qu'il ſera tiré triomphant de cette affaire, *qui pouvoit*

» le *RUINER A PLATE COUTURE*. . . . Ainfi il n'eft
» point néceffaire d'en écrire à M. l'Evêque, & il feroit
» inutile de l'en importuner ».

Flatté par ces Lettres, de pouvoir obtenir juftice de
M. de Troyes, le fieur Letertre la lui a humblement
demandée: il a épuifé auprès de ce Prélat tous les moyens
donnés aux foibles pour toucher, & pour éclairer les
Grands. Il ne peut concevoir par quelle fatalité, après
lui avoir démontré fa perte, après la lui avoir fait certifier en perfonne par fon propre Expert, en préfence
d'un Confeil équitable & qui l'a plaint, il n'a reçu de
ce Prélat qu'un refus décidé, lui qui eft fi humain &
fi bienfaifant, & qui ne peut d'ailleurs avoir d'intérêt
dans cette affaire, puifque de plein droit les 18000 liv.
retranchées de l'adjudication, lui font étrangeres.

Il a donc fallu en venir à une conteftation en Juftice.
L'affaire eut été fufceptible d'audience ; & cette voie
eût procuré, avec moins de frais, au fieur Letertre une
juftice plus prompte & plus éclatante. Elle a été appointée par Arrêt du 24 Mai dernier, & jointe à l'inf-
tance d'entre le fieur Abbé Defmarets & M. de Troyes,
appointée auffi par Arrêt du 18 Avril précédent.

Ce Prélat a demandé que le fieur Letertre fût tenu
de le garantir des réparations reftantes à faire de celles
comprifes dans la Sentence d'adjudication du 13 Novembre 1754, conftatées par le Procès-verbal. . . . du
29 Novembre 1759, à le faire recevoir à fes frais & dépens, aux frais & coût dudit Procès-verbal, & aux
dépens.

Ainfi, les Gens de M. l'Evêque de Troyes voudroient
faire fupporter au fieur Letertre toutes les réparations

à faire, conſtatées par le Procès-verbal de 1759, quoique non compriſes dans celui de 1745 ; ils voudroient encore que ce dernier Procès-verbal, néceſſaire ſeulement aux deux Abbés de Saint Benigne & de Montebourg, fût à ſa charge, tandis qu'on n'y a pas même fait l'eſtimation ordonnée, & qui auroit pû le lui rendre utile. Ils veulent enfin que le ſieur Letertre, qui n'a point eu de conteſtation avec lui, ſoit condamné aux dépens.

Le ſieur Letertre, ſûr de l'équité des Magiſtrats qui doivent décider de toute ſa fortune, voit ſans craindre qu'on ait évité l'éclat d'une plaidoirie, & il tire de ce ſoin un nouveau préſage du ſuccès.

Il demande l'enthérinement des Lettres de reſciſion qu'il s'eſt trouvé forcé de prendre contre une rétroceſſion qu'il ne craint pas d'appeller frauduleuſe, puiſqu'on lui a caché la piece dont la connoiſſance l'eût empêché de prendre un engagement auſſi onéreux. Il offre, en cas de dénégation, la preuve par une eſtimation, & par une nouvelle viſite de l'énorme lézion qu'il a ſoufferte ; & pour la prouver d'une maniere plus prompte & plus frappante, il demande, il offre même ſubſidiairement à ſupporter une perte de 3000 livres, en outre ſon tems, ſes peines & ſes ſoins, pour en obtenir ſa décharge, de l'adjudication, tant cette entrepriſe eſt ruineuſe pour lui ; il demande ſubſidiairement encore que dans le cas où l'on voudroit le contraindre à exécuter l'adjudication, alors cette adjudication ſoit exécutée ſelon ſa forme & teneur ; qu'en ce cas, on lui accorde en ſupplément de prix les 18000 livres naturellement deſtinées à cette entrepriſe, (au-delà des

64500

64500 livres, auxquelles on vouloit le réduire) vû que ces 18000 livres forment une partie d'une adjudication judiciaire qui a dû lui être rétrocédée en entier; & qu'on ne puiffe prétendre contre lui, ni les articles fupprimés & réduits par l'Arrêt de 1748, pour la partie fur laquelle ils font réduits, ni ceux indûment ajoutés à fa charge par le Procès-verbal de 1759; parce que l'adjudication de 1754, réduite aux termes de l'Arrêt de 1748, fait la jufte mefure de fes engagemens.

L'expofition des faits qui précedent, fait preffentir aifément la juftice de ces moyens.

M O Y E N S.

Les moyens du fieur Letertre font fimples & naturels; les faits les annoncent, l'équité les préfente, la commifération les appuie.

Le fieur Letertre a été lézé, il a été trompé, la reftitution lui doit être accordée. Voilà toute fa défenfe.

Qu'il ait été lezé, c'eft ce qu'il eft impoffible de contefter. Un Procès-verbal du mois de Septembre 1753, porte les réparations à faire à 81066 livres. L'adjudication au rabais du mois de Novembre 1754, les porte à 82500 livres : M. de Troyes fe rend lui-même l'Adjudicataire. Il juge donc cette fomme néceffaire ; car un Evêque confacré aux befoins de l'Eglife, & aux fonctions les plus relevées, n'eft point un homme qui doive faire trafic d'entreprifes & de traités. Il entreprend de faire faire les réparations par économie, & fe trouve obligé de renoncer à un projet qu'il n'eût pû exécuter qu'avec perte; il juge donc cette fomme infuffifante,

E

La rétrocession ne se fait que dix-huit mois après l'adjudication, nouveau laps de tems pendant lequel la dépense des réparations avoit dû augmenter de plus de 6000 livres; & cependant on ne lui donne que 64500 livres, ou pour mieux dire 60000 livres; puisqu'on lui fait encore souffrir sur les 64500 livres d'injustes déductions de plus de 4000 livres. Faudroit-il d'autre preuve d'une lézion bien marquée ?

Mais cette lézion se prouve encore par l'état certifié véritable par les trois Experts de 1759, des dépenses de plusieurs articles du Procès-verbal de 1745, qui ont beaucoup excédé l'estimation faite par ce Procès-verbal.

Les articles 23 & 25 du Procès-verbal de 1745 pour charpente, n'ont été estimés qu'à 1000 livres 15 sols. L'exécution, suivant cet état, a été de 4427 livres : ce qui donne un excédent de 3426 livres 5 sols.

Les articles 27 & 28 du Procès-verbal pour charpente & couverture, n'ont été estimés que 589 livres. L'exécution a été de 5419 livres : disproportion énorme qui présente une perte évidente de 4830 livres.

Les articles 19, 20, 21 & 22 pour ferrure & vitres porté au Procès-verbal pour 1394 livres 10 sols, ont coûté 3395 livres 7 sols : ce qui fait une nouvelle perte de 2000 livres 17 sols.

L'article 98 pour les halles (qu'on nous permette ces détails nécessaires) estimé seulement 288 livres, a coûté 7650 livres 4 sols, dont résulte encore une perte révoltante de 4770 livres 4 sols.

Il y a eu même des objets qu'il a fallu fournir en entier, & dont le Procès-verbal de 1745 ne dit pas un mot.

Abrégeons ce trifte détail, l'état eft fous les yeux du Confeil, & prouve une perte de plus de 20000 liv. fur ce qui eft déja fait fans compter une perte très-grande encore fur ce qui refte à faire.

Et qu'on ne dife point que le fieur Letertre n'a pû fe faire une preuve à lui-même, par un Certificat obtenu, fans y appeller M. l'Evêque de Troyes ; car on n'a pas dû le priver de la preuve que lui auroit acquife l'eftimation ordonnée par Arrêt du mois de Juillet 1758 : ç'a été un Acte de juftice de la part des trois Experts, pour réparer l'irrégularité d'une telle omiffion de rendre au fieur Letertre, par leur Certificat, au moins une partie de la preuve que leur vicieufe opération lui avoit enlevée ; & certainement on ne foupçonnera pas de complaifance pour le fieur Letertre des Experts, qui jufques là avoient agi d'une maniere fi directement contraire à fes intérêts.

Mais faut-il d'autre preuve de lézion que les inftantes prieres qu'il fait pour être délivré d'une adjudication qui l'a déja forcé de fe bannir de fa propre maifon, qui lui coûte déja la meilleure partie de fa fortune : que les Lettres des perfonnes même attachées à M. de Troyes, & qui déclarent qu'*on voit au premier coup d'œil qu'il n'a pas connu l'étendue de fes engagemens, qu'il feroit ruiné à plate couture?* Et en faut-il d'autre preuve que la demande qu'il fait, en cas de dénégation, de l'eftimation qu'on a artificieufement omis de faire, & qui prouvera la grandeur du tort qu'il a fouffert? En faut-il d'autre preuve que les offres qu'il fait fubfidiairement de pedre fon tems, fes foins, fes peines jufqu'à ce jour, & en outre la fomme de 3000 livres de fes propres de -

niers. On est bien fort quand on tient ce langage ; &
ce ne sont point ici de ces plaintes exagérées, par lesquelles on tend des piéges au cœur des Magistrats. Le
sieur Letertre veut perdre 3000 livres, parce qu'il ga-
gnera beaucoup en les perdant : il a donc été lézé.

Mais il ne l'a été que parce qu'on l'a trompé : &
c'est ce qui s'établit encore plus facilement. Les loix
définissent le dol, *omnis calliditas, fallacia, machinatio ad*
circumveniendum, fallendum decipiendum alterum adhibita.
L. 1. §. 2. ff. de dolo.

Art. 139 de
la Coutume de
Troyes, gl. 9,
n. 37.

Le Grand * définit le dol, lorsqu'aucun même ma-
jeur de vingt-cinq ans, par persuasion & mauvais arti-
fices, a été induit & sollicité à vendre un héritage,
contracter une société, faire un échange, ou autre
sorte de Contrat, *cessant lesquelles inductions, il ne se fût pas*
porté à contracter, ce qui est un dol personnel qui rend le Con-
trat nul.

Ainsi, d'après les Loix un homme a été trompé
toutes les fois qu'il a ignoré, par la fraude de celui
avec qui il contractoit, un fait ou un acte qu'il eût dû
connoître, & qui l'eût empêché de contracter aux conditions sous lesquelles il a contracté. Or, telle est la
position dans laquelle le sieur Letertre s'est trouvé. On
lui a caché (*a*) le procès-verbal de 1753, qui portant les
réparations à quatre-vingt-un mille soixante six liv. l'eût
très-certainement empêché de les prendre à 64500 liv.

_____

(*a*) Nous disons qu'on le lui a caché. Car ce n'est pas une mention de
cette piece fugitive & sans objet qui lui en aura appris le contenu. Le
sieur Letertre l'ignore encore. Il sçait seulement la somme à laquelle les
réparations y sont portées par M. de Troyes même, & l'on a vu que ce
Prélat lui a encore refusé formellement le 30 Août dernier de lui communiquer le procès-verbal.

qui même n'ont gueres produit que 60000 livres. On
lui a montré le procès-verbal de 1745, qui ne portant
ces mêmes réparations qu'à environ 45000 livres, lui a
fait espérer sur les 19500 livres restantes un bénéfice
considérable. Pour mieux le séduire, l'Agent, l'homme
de confiance de M. de Troyes, le sieur Groult qui
avoit déjà préparé le travail des réparations, qui étoit
supposé en connoître le détail, veut s'associer avec lui,
s'y associe en effet, bien sûr de se jouer de sa simplicité,
& de le laisser seul au premier moment dans cette ruineuse entreprise. Pour empêcher que le défaut de cautions (car qui auroit voulu l'être ?) ne fît échouer une
séduction si bien ménagée, on prend la tournure de
mettre un homme de néant pour Rétrocessionnaire,
& d'empêcher ainsi le sieur Letertre de trouver en
cherchant des cautions, quelques amis judicieux qui
l'éclairassent. On le laisse seul ensuite, & le sieur Groult
fait acheter sa perfide retraite comme un nouveau bien-
fait, en cédant une répétition de 1316 livres contre
M. de Troyes, & quelques ustenciles de nulle valeur
pour 5624 liv. nouvelle tromperie qui lui a fait souffrir
une perte de plus de 3000 livres. (a) Que dirons-nous

(a) On lui a caché les Arrêts de 1748 & de 1754, parce qu'ils auroient
appris au sieur Letertre, sur-tout le premier, qu'il n'étoit pas obligé à un
très-grand nombre d'articles dont il a eu le malheur de faire réparer la
plûpart, par l'erreur dans laquelle on l'a induit. Et cependant ces deux
Arrêts sont mentionnés dans la Sentence d'adjudication, ce qui prouve
(pour l'observer en passant) qu'une simple mention d'un Arrêt n'en apprend pas le dispositif, non plus que la mention du Procès-verbal de
1753, qu'on n'a jamais présenté *comme devant être la base de l'adjudication qu'on n'a jamais offert de communiquer* ; comme celui de 1745, qu'on
refuse même encore de communiquer aujourd'hui, ne pouvoit apprendre
au sieur Letertre la vérité qu'on lui cachoit, & qu'on ne lui laissoit pas
même soupçonner.

encore de toutes ces contre-lettres, de toutes ces faux énoncés que dévoile la tranfaction de 1758, de toutes ces difficultés fufcitées pendant plus de dix-huit mois, au lieu d'un payement comptant qu'on avoit promis, de cette mention infidieufe du procès-verbal de 1753, au bas d'une premiere page d'une Tranfaction de onze pages entieres, dans lequel il n'étoit nullement queftion de ce procès-verbal, afin qu'on pût un jour oppofer au fieur Letertre qu'il avoit figné un acte qui en parloit ; de cette affectation de faire entrer le fieur Letertre dans le procès-verbal de 1759, qui lui étoit étranger, de cette fufpenfion de l'exécution des Arrêts des mois de Mai & Juillet 1758, afin d'avoir un prétexte plus apparent de l'y appeller après la confection d'une partie des réparations. Enfin de cette omiffion injufte d'une eftimation ordonnée par l'Arrêt du 14 Juillet 1758, qu'on ne lui a pas même communiqué, parce que cette eftimation lui eût fourni une preuve concluante, & contradictoirement acquife de l'énormité de la léfion ? Quel homme fut jamais plus fortement, plus indignement, plus continuement trompé ? & quel homme en même-tems devoit moins s'attendre à l'être ? Il traitoit avec les Agens d'un Evêque qu'il devoit croire animés des mêmes vûes de droiture & d'honnêteté que leur maître. Qu'il lui en coûte de n'avoir pas traité directement avec M. de Troyes lui-même ! Propofé par la religion pour un de nos modeles, un Evêque n'a d'autres conteftations que celles dont la religion & l'équité lui impofent le devoir ; avant de paroitre dans les Tribunaux il eft lui-même fon premier juge ; fon caractere bannit toute défiance,

exclut en nous toute idée de précaution & d'inquiétude ; un premier mouvement de refpeét & d'amour
nous porte naturellement vers lui, & nous répond pleinement que la droiture & la bonne-foi préfident à fes
engagemens. Tel eût été M. de Troyes, nous nous
ferions un crime d'en douter, & nous lui devons cette
juftice de mettre ici ce qu'il dit dans un dernier Ecrit
du 17 Septembre, afin que l'éclat de cette conteftation
ne puiffe en rien rejaillir fur lui. « Si dans la vifite de
» 1753, dit-il, & dans le traité de 1756, *il y a eu des*
» *arrangemens SINGULIERS*, ils font du fait de fes fon-
» dés de procuration, qu'ils fe font paffés à fon infçu,
» *QU'IL NE LES A JAMAIS APPROUVÉS*, auffi-tôt qu'il
» en a eû la connoiffance, que dès qu'il a pû s'expliquer
» il l'a fait.... qu'il n'a rien eu plus à cœur que de
» rendre juftice au fieur Letertre. »

Voilà le véritable langage d'un Evêque, & c'eft
ainfi qu'il convient à M. de Troyes de fe défendre.
Mais malheureufement *ces arrangemens SINGULIERS
Q'UIL N'A JAMAIS APPROUVÉS*, ne font point encore
reétifiés. Le fieur Letertre indignement trompé, touche
à fa ruine, & les 18000 liv. qu'on lui a injuftement retranchées fur l'adjudication, à qui appartiendront-elles?

Qu'on a mal défendu ce Prélat dans l'Ecrit que nous
citons, en lui faifant oppofer pour unique défenfe une
fin de non-recevoir, contre la demande en enthérinement des Lettres de refcifion, & en lui faifant dire
qu'il eft inconteftable qu'on ne peut revenir contre des
aétes paffés en majorité, & que l'on a exécutés, quand
même il y auroit du dol & de la furprife. Quel moyen !
quelle maxime ! oppofer une fin de non-recevoir contre

un reproche de dol ! Mais n'imputons point à M. de Troyes une défenfe fi peu digne de lui, & connoiffons mieux ce Prélat. Ce n'eft pas lui qui peut tenir un tel langage, non moins oppofé aux principes établis dans les Loix, qu'à la droiture. Qu'on dife qu'un acte vo-lontairement exécuté, après qu'on a connu le dol & la léfion, eft en quelque forte rectifié par cette exé-cution, même la propofition n'aura rien de revoltant. Mais lorfque le dol a fubfifté, l'exécution n'eft qu'un moyen plus preffant d'annuller la convention, parce qu'alors la léfion eft réelle ; au lieu que lorfqu'il n'y a pas eu d'exécution, (a) la léfion n'eft que préparée. Ne voyons-nous pas dans notre Droit que, quoiqu'un Arrêt ait été exécuté, on fe pourvoit avec fuccès contre lui, dès que le dol eft découvert, dès qu'on a recouvré des pieces détenues par le fait & dol de la partie adverfe, loin que l'exécution, lorfque le dol n'a pas été dé-couvert, foit une fin de non-recevoir en faveur de ceux à qui ce dol feroit profitable ? Et dans le fait, le fieur Letertre n'a-t-il pas perpetuellement reclamé contre l'acte de 1756, au fujet des frais d'adjudication, d'actes & de voyage & du billet de 5624 livres, dont on le chargeoit injuftement, puifque c'eft pour faire ceffer ces plaintes que la Mere des Anges a écrit, & qu'on a fait l'acte de 1758 ? N'a-t-il pas reclamé contre cet acte de 1758 lui-même, lorfqu'en mettant la main à l'œuvre après l'avoir foufcrit aveuglément, il a re-connu la grandeur des réparations qu'il ignoroit en-

(a) Ce moyen eft développé dans les falvations du fieur Letertre, plus que les bornes d'un Mémoire ne le permettent ici, & l'on y a joint les autorités tirées des Loix.

core,

core, & a fenti que cet acte n'avoit été fait que pour appefantir fes chaînes.

Qu'on ne dife pas non plus que le fieur Letertre, par fa Lettre du 12 Décembre 1757, & par le Mémoire qui y étoit joint, a demandé toute la réparation poffible de la furprife qu'on lui a faite, & qu'on la lui a accordée heureufement pour lui. Ces deux pieces font fous les yeux du Confeil, & font une nouvelle preuve bien forte de la furprife dont il fe plaint, & du vice de *ces arrangemens SINGULIERS* que M. de Troyes *N'A JAMAIS APPROUVÉS.* Mais ce mémoire ni cette lettre ne parlent que de l'indemnité dont il s'agiffoit alors, indemnité fondée fur les frais d'adjudication, actes, voyages des Gens d'affaires de M. de Troyes, qu'il falloit reftituer au fieur Letertre, fur le billet de 5624 liv. du S^r. Groult, donné indument pour argent comptant, *fur la ceffation du travail* (faute d'argent) *laquelle avoit occafionné l'accroiffement des réparations.* Tel étoit l'objet de cette indemnité demandée & accordée, & non la grandeur intrinfeque des réparations, prouvée depuis par le procès-verbal de 1745, rapproché de celui de 1753, découverte par l'application de la main-d'œuvre aux différentes parties de l'Abbaye depuis la Tranfaction de 1758, & qui eft telle que 20000 livres d'indemnité n'auroient pas empêché le fieur Letertre de perdre à cet égard, puifque même avec la reftitution des 18000 l. de l'adjudication il eft fi fûr de perdre, qu'il préféreroit d'en être déchargé en perdant 3000 liv. du fien, fon tems & fes peines. Or comment auroit-on pû traiter en 1758 d'une telle indemnité qui n'étoit pas même connue, lorfqu'on ne trouveroit pas dans

F

cette Tranſaction 1000 liv. ſans application marquée, & qu'on pût y appliquer, puiſque la ſomme donnée alors avoit pour cauſes celles que nous venons d'expoſer plus haut. Auſſi voit-on qu'en 1760, le ſieur Letertre a fortement demandé cette indemité, que l'état certifié par les trois Experts la lui aſſure, & que deux perſonnes attachées à M. de Troyes avouent *qu'on voit au premier coup d'œil que le ſieur Letertre n'a pas connu l'étendue de ſes engagemens, & qu'il ſeroit ruiné à plate couture.*

Enfin envain prétendroit-on que l'occultation frauduleuſe du procès-verbal de 1753 eſt un fait indifférent, puiſque le ſieur Letertre a connu, dira-t-on, l'adjudication de 1754, qui étant de 82500 livres, a dû lui donner une idée à peu près égale de la grandeur des réparations. Car il eſt bien différent de voir une adjudication qui ne ſpécifiant rien, n'indiquant rien, ne nous annonce autre choſe que l'heureux haſard d'un Adjudicataire qui a ceſſé de trouver un concurrent, ou de voir un procès-verbal bien détaillé article par article, qui expoſe la grandeur d'une entrepriſe, ſinon avec avec cette préciſion géométrique qui en fixe exactement le prix, du moins avec aſſez d'exactitude pour diriger une enchere judicieuſe, & pour mettre en état de contracter avec connoiſſance de cauſe. Il ne faut même ici que le fait tout ſeul pour réponſe. Le ſieur Letertre a accepté pour un peu plus de 60000 livres la rétroceſſion d'une adjudication de 82500 livres. Il n'a donc pas cru que l'adjudication fut la meſure exacte de la dépenſe à faire, ſans quoi il eût été un homme à mettre ſur le champ en curatelle, de ſe

charger d'un marché où il y avoit plus d'un quart à
perdre. Mais il a vû, comme tout autre l'auroit vu à
fa place, une adjudication menagée de longue main,
une adjudication dont M. de Troyes avoit cru avoir
des raifons de fe rendre maître, dont il s'étoit rendu
maître en effet par les nommés le Carpentier & Halley;
il a vû l'homme de confiance du Prélat lui démontrer,
le procès-verbal de 1745 à la main, qu'il y avoit *un
grand coup* à faire fur les reparations, s'affocier même à
lui pour mieux l'en convaincre.

Le fieur Letertre a donc été trompé, nous venons
de le prouver, & trompé indignement; il a été lézé,
nous l'avons prouvé plus haut; la fraude a préparé la
léfion, l'a confommée, l'a perpétuée. C'en eft affez
pour que, dans le cas même ou cette léfion feroit
beaucoup moindre que nous ne l'avons prouvée, la
reftitution dût être accordée à ce malheureux pere de
famille, pour lequel fa fimplicité, fa bonne foi, &
les offres fubfidiaires qu'il fait, réclament la juftice du
Tribunal qui, en décidant cette affaire, va décider de
toute fa fortune.

Mais, s'il étoit poffible qu'on crût ne devoir pas
lui accorder la reftitution qu'il demande, il foutient
en ce cas avec confiance que la fomme de 82500 livres, prix de l'adjudication du 13 Novembre 1754,
lui doit être accordée en entier; qu'on ne doit exiger
de lui que le travail prefcrit par le procès-verbal de
1745, modifié par l'Arrêt d'entherinement du 14 Septembre 1748.

Et d'abord pourquoi lui feroit-on fupporter le retranchement de 18000 livres? Qu'eft devenue, où que

Conclufion fubfidiaire.

F ij

deviendroit cette fomme ? Il faut qu'elle appartienne, ou à M. l'Evêque de Troyes, ou au fieur Letertre, car elle eft dûe très-certainement par la manfé abbatiale de Montebourg. Les Lettres patentes du 22 Mars 1754 ont permis un emprunt de 100000 livres, rembour-fable, tant par M. l'Evêque de Troyes que fes fuccef-feurs, en quinze ans. L'Arrêt d'enregiftrement, du 8 Mai, lui a permis un emprunt de 50000 livres, rem-bourfable en fept ans & demi, tant par lui que par fes fucceffeurs, fauf à autorifer un plus fort emprunt s'il y avoit lieu. L'adjudication ayant été de 82500 liv. on ne peut douter qu'il n'y ait eu lieu à un emprunt de 82500 livres, payable & rembourfable par la manfe abbatiale ; & M. de Troyes pourroit d'autant moins s'en plaindre, qu'il a demandé cet arrangement com-me une faveur. Ainfi il a confenti à un retranchement annuel fur fa manfe, & que ce retranchement ceffât de lui appartenir pour devenir le bien de l'Abbaye même, & être affecté de plein droit aux réparations. Il y a même fi formellement confenti, que l'Arrêt de 1754 a réfervé, en cas de mort ou de démiffion, une action, foit contre fes héritiers, foit contre lui, fi la fomme que l'Arrêt permet d'emprunter n'étoit pas entierement payée. A qui appartiendra donc cette fomme de 18000 l. dûe par la manfe abbatiale, dûe, fi l'on veut, par M. de Troyes lui-même, mais qu'il a mife hors de fes mains, de fon propre aveu, pour ne plus lui appartenir, & qui étoit tellement deftinée aux ré-parations, que le 13 Novembre 1754, il en eût été Débiteur à un Adjudicataire étranger, comme il l'eft des 14500 livres qui, dans la rétroceffion, excedent les 50000 livres dont l'emprunt a été permis.

Cette somme ne peut appartenir de nouveau à M. de Troyes. Les premiers principes de l'équité y répugnent ; car ce Prélat a cru la somme de 82500 livres nécessaire pour les réparations en question, puisqu'il se l'est fait adjuger ; il l'a même crue insuffisante, puisqu'après avoir entrepris pour ce prix les réparations *par économie*, il s'est vû obligé de les rétrocéder. Or, où seroit l'équité, l'honnêteté, l'humanité, de rejetter sur un malheureux, presque sans fortune, une perte de 18000 livres qu'on évite soi-même, & de se faire de cette perte même l'occasion d'un gain qui seroit pris sur sa plus pure substance, & de celles de ses enfans ? Aussi ne nous proposons-nous pas sérieusement de défendre M. l'Evêque de Troyes du desir de vouloir s'attribuer cette somme. Les moyens de forme venant à l'appui de l'équité, & précieux dès-lors, y formeroient d'ailleurs un obstacle invincible.

Car le prix d'une adjudication est la chose d'un Adjudicataire, à condition de remplir les charges de l'adjudication. Les 18000 livres en question sont donc la propre chose du sieur Letertre. La chose d'un citoyen ne peut passer dans les mains d'un autre qu'à titre gratuit ou à titre onéreux. De titre gratuit, il n'en peut être ici question ; car le sieur Letertre n'a pas prétendu donner, ni M. de Troyes recevoir ; & nous ne voyons pas qu'on ait observé aucune des formes qui annoncent & qui caractérisent une donation. De titre onéreux, il n'y a pas moyen d'en supposer ; car quelle seroit la charge, la condition imposée à M. de Troyes en recevant ces 18000 livres ?

Elles doivent donc appartenir au fieur Letertre; fu-
brogé à l'Adjudicataire par l'acte de rétroceffion, il
doit avoir tout ce que l'Adjudicataire auroit eu; il le
doit, en termes de Droit, parce que l'adjudication eft
un contrat judiciaire dont les effets doivent paffer tout
entiers à celui que ce contrat regarde; il le doit par
équité, parce que la perte démontrée qu'il a faite doit
fe réparer naturellement fur une fomme affectée aux
réparations; & que M. de Troyes ne pourroit la prétendre avec juftice, ni même avec honnêteté, puifque cette perte eft telle, que le fieur Letertre préfere
à ces 18000 livres d'être déchargé de l'adjudication,
en perdant 3000 livres de fon argent, fon tems, fes
travaux & fes peines, & qu'il ne demande ces 18000
livres que par une conclufion fubfidiaire.

On ne doit non plus exiger du fieur Letertre que
le travail prefcrit par le procès-verbal de 1744, ainfi
qu'il a été entheriné par Arrêt du 18 Septembre 1748.
Cet Arrêt reduit ou porte en fuppreffion totale plu-
fieurs articles, afin de diminuer la grandeur des réparations. L'Arrêt du 8 Mai 1754 ordonne que l'adjudication fe fera *en conformité des difpofitions de l'Arrêt du*
18 Septembre 1748. La Sentence d'adjudication porte
en quatre endroits différens, qu'elle fe fait *en confor-*
mité de l'Arrêt du Grand-Confeil, fuivant qu'il eft plus
amplement expliqué dans lefdits *procès-verbal (de* 1745)
& Arrêt du Grand-Confeil, aux charges, claufes & conditions employées *dans les Arrêts du Confeil*, *procès ver-*
bal, &c. Quelle peut donc être la difficulté de pro-
noncer ce que les Arrêts ont déja prononcé, ce que
l'adjudication a ordonné, ce que l'Arrêt du 14 Juillet

1758 a encore rappellé comme la regle de l'Adjudicataire, en ordonnant qu'il sera procedé à la reception des réparations, si aucunes se trouvent avoir été faites, *en exécution de l'Arrêt du 18 Septembre 1748 ?* Quel intérêt auroit-on à augmenter la charge du malheureux Adjudicataire sur des objets entierement inutiles à l'Abbaye, puisque l'Arrêt du 18 Septembre 1748, pour de justes raisons, en a prononcé la suppression ou la réduction. Qu'on juge par l'obstination avec laquelle on soûtient contre le sieur Letertre un point si clairement décidé en sa faveur, & d'ailleurs si inutile à prétendre, combien on veut appésantir son fardeau & entraîner sa ruine, lui, dont tout le crime est de resister, & de demander subsidiairement 18000 livres, si on ne veut pas l'admettre à perdre 3000 livres, son tems & ses peines. Qu'on juge, puisqu'il a eu le malheur d'exécuter déja plusieurs de ces articles, parce qu'on lui a caché l'Arrêt de 1748, de la bonne foi avec laquelle les Gens d'affaires de M. de Troyes ont traité avec lui, de la SINGULARITE' des arrangemens dans lesquels ils l'ont entraîné, & si la simple mention d'une piece peut jamais équivaloir à la piece même, puisque certainement il n'auroit pas exécuté ces différens articles s'il avoit eu la piece entre les mains.

D'un autre côté, on veut assujettir le sieur Letertre à faire un grand nombre de réparations portées ou par surcharge ou par augmentation dans le procès-verbal de 1759, & voici l'intérêt qu'y trouvent les Gens d'affaires de M. de Troyes. Le sieur Abbé Des-

marets, fon fucceffeur, demande que tout ce qui doit
être reparé lui foit donné en bon & dû état de réparations. L'Arrêt de 1748, celui de 1754, l'adjudication
du 13 Novembre 1754, l'acte même de retroceffion
difpenfent le fieur Le ertre des articles communs &
folidaires entre l'Abbaye & les Co-décimateurs ou Co-
propriétaires. Or, ne feroit-il pas bien commode de
détruire & ces Arrêts & ces actes, & de rejetter fur le
fieur Letertre ces objets en tout ou en partie par un
procès-verbal auquel on le rendra Partie, quoiqu'il y
foit étranger, qu'on différera de dix-huit mois pour
l'y faire entrer fous quelque prétexte que ce foit, &
quoiqu'il ne faille à fon égard d'autre procès-verbal
que celui qui jugera le parfait après toutes fes réparations finies : & qu'on effayera de faire entheriner
contradictoirement avec lui, & c'eft ce qu'on a voulu
faire par le procès-verbal de 1759, & par la demande
générale & indéfinie en entherinement de ce procès-
verbal. On y comprend, par exemple, la Grange de
Coquincauville, c'eft cependant une charge commune
& folidaire entre l'Abbaye & le Curé, qui eft Co-dé-
cimateur. Mais fans nous livrer aux détails, un Etat
qui fera remis fous les yeux du Confeil, fera voir combien le procès-verbal de 1759 ajoute indûment à celui
de 1745, la feule regle de l'Ajudicataire. Ce même Etat
prouvera que la furcharge qu'on veut lui impoler par
cette injufte & infidieule augmentation va à plus de
10000 livres, & pour s'en convaincre par un feul exemple, le procès-verbal de 1745 porte la partie des Chœurs
& Granges décimales, qui entrent dans la claffe des
charges

charges communes qui ne regardent point l'Adjudicataire, à 5283 liv. 6 f. Déja les art. 29, 30, 31, 63 &
72 ont été exécutés, & leur exécution a coûté plus de
600 livres, & cependant ce que le procès-verbal de
1759 a estimé à cet égard être à faire, y est porté à
12891 liv. 9 fols, ce qui fait en tout 13491 liv. 9 fols.
Quelle énorme différence entre ces deux procès-verbaux! Qu'on juge par-là si celui de 1745 étoit *seul* un
guide sûr pour le sieur Letertre! Qu'on juge si celui
de 1759 doit être entheriné généralement & pour le
tout, & si l'équité n'exige pas qu'on en retranche, par
un juste examen, tout ce qui ne peut être à la charge
du sieur Letertre, opération simple & facile, & qui
consistera à rapprocher de ce procès-verbal celui de
1745 & l'Arrêt de 1748, ainsi que le sieur Letertre l'a
fait par l'Etat qu'il a eu l'honneur de mettre sous les
yeux du Conseil.

Mais, dit-on, le sieur Letertre a été appellé au
procès-verbal de 1759, que ne parloit-il? Que ne de-
mandoit-il l'estimation qu'il se plaint qu'on n'a pas
faite? Que n'empêchoit-il cette augmentation de charge qu'il se plaint qu'on lui impose? Quelle objection!
& sous quel nom ose-t-on bien la proposer! Quoi! le
silence du sieur Letertre fera-t-il que ce qui est injuste
devienne juste, que ce qui est contraire aux Arrêts du
Conseil cesse d'y être contraire? Comment pouvoit-il
demander l'estimation, puisqu'on lui avoit caché l'Arrêt du 14 Juillet 1748 qui l'ordonnoit? Comment pouvoit-il empêcher la surcharge dont il se plaint, puisque
les Gens d'affaires de M. de Troyes, son Expert avec
celui de M. Desmarets l'en empêcherent, lui disant

G

qu'ils ne feroient aucune mention dans leur procès-verbal d'aucuns dires ni réquifitions ; qu'il eût à les laisser agir ; qu'il n'eût point l'air de conteftation ni de procédure ; qu'il fçavoit ce que Me Roy Duvivier lui avoit dit, & qu'il les laissât agir (*a*) ; qu'il n'y perdroit rien ; que M. de Troyes étoit bon & équitable ; qu'il lui rendroit bonne & brieve justice ; que même pour le mettre en état de l'obtenir on vérifieroit par acte séparé l'énormité de plusieurs dépenfes qu'il a faites, bien supérieures au procès-verbal de 1745, & qu'on lui en certifieroit l'état, & c'eft ce qu'on a fait. Ainfi réduit au filence que pouvoit faire le fieur Letertre, autre chofe que de laisser faire un procès-verbal qu'on lui promettoit ne devoir pas lui nuire. Il feroit même la preuve, s'il étoit befoin, que quelquefois il a hazardé quelques obfervations fans que les Experts en ayent écrit aucune. Mais qu'a-t-il befoin d'une telle preuve, & en faut-il une plus forte que fon filence même fur la totalité de l'opération. Car enfin il eft évident qu'elle blesse entiérement fes juftes intérêts, & que ce procès-verbal le furcharge d'un travail de plus de 10000 liv. au-delà de ce que celui de 1745 lui impofe. Or tombe-t-il dans l'efprit que quelqu'un qui a l'ufage de fa raifon fe laisse docilement impofer une

(*a*) Le fieur Etienne, Expert de M. Defmareft, a rendu témoignage de la vérité de ce fait à M. de Troyes chez Me Roy du Vivier fon Procureur, & auffi audit Me Roy du Vivier, qu'il avoit empêché le fieur Letertre de faire aucuns dires ni réquifitions, qu'il n'avoit pas voulu qu'il en fût fait de mention dans le Procès-verbal, parce qu'il comptoit que le Prélat arrangeroit cette affaire.

Le fieur Letertre s'en eft plus au long expliqué dans fon écrit de falvations ou contredit de production, pour écarter le filence, que d'après ce fait on lui a mal-à-propos reproché.

telle charge fans la moindre, réfiftence ? Et fi le fieur
Letertre eût été capable de fe taire par ignorance de
fon droit, & non par une confiance honorable pour
M. de Troyes, n'aurions-nous pas prouvé par ce trait
feul combien il a été facile de le féduire, & combien
il merite que le Confeil lui tende une main fecourable
& arrête fa ruine entiere. Ecartons donc ce filence, &
quand nous combattons un Evêque, qu'il nous fuffife
de lui dire, que quelle qu'ait été la défenfe de fon Ad-
verfaire, fes Gens d'affaires ne doivent demander que
ce qui eft jufte, & qu'il feroit auffi injufte d'augmenter
par une infertion artificieufe dans un procès-verbal la
charge d'un Adjudicataire, que de lui retrancher fans
caufe 18000 liv. fur une adjudication que ce Prélat a
jugée affez onéreufe même à 82500 livres, pour s'em-
preffer de la retrocéder. Honorons affez M. de Troyes
pour ne pas refuter plus long-tems une prétention
dont l'injuftice fe démontre par fa feule expofition,
& qu'on ne doit rappeller ici que pour faire voir combien dans cette malheureufe affaire, le fieur Letertre à
été horriblement vexé, lézé, furchargé. Occultation
frauduleufe d'un procès-verbal, dont la connoiffance
l'eût empêché de contracter, & qu'on refufe encore
aujourd'hui de lui communiquer; affociation perfide
de l'homme de confiance de M. de Troyes qui l'aban-
donne dès qu'il l'a fait tomber dans le piége; manœu-
vres pratiquées pour le furprendre, prouvées par cinq
ou fix faux énoncés & par différens actes paffés alors;
réductions injuftes fur le prix d'une adjudication que
M. de Troyes lui-même a jugée onéreufe à 82500 livres & par économie, puifqu'il a voulu l'abandonner;
défaut de payement pendant plus de dix-huit mois,

quoiqu'on eût dû faire des payemens plus prom pt;
mention infidieufe & fugitive dans la tranfaction de
1758, du procès-verbal de 1753, afin de préparer contre
le fieur Letertre une fin de non-recevoir; retardement
pendant dix-huit mois du dernier procès-verbal ordonné afin d'y faire entrer le fieur Letertre & d'augmenter fes charges ; enfin omiffion injufte d'une eftimation ordonnée par le Confeil, afin d'ôter au fieur
Letertre une preuve décifive pour fa défenfe. Que de
traits réunis follicitent dans cette affaire la commife-
ration des Magiftrats pour un malheureux pere de famille, dépouillé déja de fa maifon & de prefque toute
fa fortune, & leur vengeance contre les artifans de
fraude, qui n'ont pas craint de compromettre le nom
refpectable d'un Evêque, par ces hontueufes manœu-
vres que le devoir de notre miniftere nous a forcés de
dévoiler & de combattre! *Signé*, LETERTRE.

Monfieur DE LIER D'ANDILLY, *Rapp.*

Me ELIE DE BEAUMONT, Avocat.

LECLERC, Proc.

COPIE de deux Lettres écrites par la Mere DES ANGES, *du Couvent des Dames du S. Sacrement de la rue Caſſette, au Beau-frere du ſieur Letertre.*

JE vous demande en grace, Monſieur, d'écrire dès-aujour-d'hui à M. votre Beau-frere afin qu'il arrête les pourſuites; dites-lui que déſormais il va avoir à faire à toute autre perſonne. Il ſeroit même du beau procédé que ce moment où on a cherché efficacement à arranger toutes choſes, MM. les Entrepreneurs levaſſent leur ſaiſie, loin de pourſuivre, comme on mande de ce pays-là qu'ils veulent le faire. On m'a envoyé là-deſſus une Lettre, hier, qui m'afflige beaucoup. Je m'étois perſuadée que votre zéle pour Monſeigneur vous engageroit à leur en inſpirer à eux-mêmes. Tout ce qu'ils feront actuellement retombera ſur ce Prélat, non les frais, mais le diſgracieux, ce qui eſt encore pire. Je vous ai dit que Monſeigneur étoit content du Mémoire qu'ils lui avoient envoyé; je voudrois bien que ce contentement puiſſe ſe ſoutenir; *je ſuis convaincue que M. votre Beau-frere auroit lieu d'être content par la ſuite de ce bon procedé.* Vous voyez vous-même, Monſieur, qu'il n'eſt pas poſſible de rien faire dans ce moment. Il ſeroit très-beau à eux de faire quelques efforts pour remettre quelques Ouvriers dans les endroits les plus preſſés; vous ſçavez le deſir que nous avons tous de les ſatisfaire, ſur-tout de Monſeigneur, auſſi-tôt qu'on le pourra ſans perdre de tems. Je vous aſſûre de toute ma conſidération.

Deuxieme Lettre.

VOICI, Monſieur, le projet d'accommodement que M. Theliard m'a envoyé pour vous remettre, afin que vous ayez la bonté de l'envoyer ſans retard à MM. les Entrepreneurs. Tâchez, je vous prie, de les engager à s'y prêter. La grande part que vous avez au rétabliſſement de cette affaire, qui étoit dans un affreux déſordre, vous fait connoître autant qu'à perſonne l'impoſſibilité de faire autrement. Soyez ſûr de la reconnoiſſance & de la conſidération avec laquelle je ſuis, Monſieur, votre très-humble, très-obéiſſante ſervante,

S. M. DES ANGES.

COPIE d'une Lettre du fieur G R O U T, *Fermier, porteur de procuration & l'homme de confiance de M. l'ancien Evêque de Troyes, & l'auteur des malheurs du fieur Letertre, écrite le mois de Novembre* 1759 *à M. de la Rofiere, Ecuyer de fon E. M. le Cardinal de Bernis.*

Cette Lettre a été dépofée entre les mains de Mᶜ Roy Duvivier.

* Le fieur Le-
tertre.

J'AI reçu la Lettre que vous m'avez fait l'honneur de m'écrire. Vous pouvez affûrer votre ami *, pour qui vous me parlez, qu'il peut fe tranquillifer en toute fûreté fur l'affaire en queftion. Comme vous m'en avez déja parlé, l'envie de vous marquer mon devouement en tout m'a fait prendre des mefures, même couteufes pour moi *, *pour le mettre à couvert de*

* Arrêt du 27
Sept. 1759.

tout danger, elles réuffiffent, vous l'apprendrez au premier moment, & qu'il fera tiré triomphant de cette affaire, *qui pouvoit le ruiner à plate couture.* Si-tôt que j'aurai le plaifir de vous voir, je vous dirai la façon dont je m'y fuis pris.

J'ai l'honneur d'être avec le fentiment de la plus parfaite confidération, Monfieur, votre très-humble & très-obéiffant ferviteur, G R O U T.

COPIE d'une Lettre de Mᵉ R O Y D U V I V I E R, *écrite au fieur Letertre.*

A Paris ce 2 Février 1760.

N E vous impatientez point, Monfieur, de mon filence, je travaille actuellement à l'examen & au dépouillement des procès-verbaux de 1745 & de ceux faits en dernier lieu. J'ai demandé à M. Grout celui de 1754, qui m'eft néceffaire. Je compte bien-tôt être en état de vous marquer ce que je penfe de toute cette affaire au fond, & je vous repete que je ferai de mon mieux pour vous rendre fervice, *parce que du premier coup d'œil je vois que vous n'avez point connu l'étendue de vos engagemens en vous fubftituant à l'Adjudicataire.*

J'ai l'honneur d'être bien fincerement, Monfieur, votre très-humble & très-obéiffant ferviteur,

ROY DUVIVIER.

DE L'IMPRIMERIE DE L. CELLOT, RUE DAUPHINE.

www.ingramcontent.com/pod-product-compliance
Lightning Source LLC
Chambersburg PA
CBHW061655180626
46818CB00003B/1106